策划编辑：陈启智

责任编辑：魏孟迪

封面设计：王希贤

投稿邮箱：1897005783@qq.com

# 留白

LIUBAI

张瑛 著

诗歌 国画

百花洲文艺出版社
BAIHUAZHOU LITERATURE AND ART PRESS

**图书在版编目（CIP）数据**

留白/张瑛著. — 南昌：百花洲文艺出版社，2022.9
ISBN 978-7-5500-4774-7

Ⅰ.①留…  Ⅱ.①张…  Ⅲ.①诗集—中国—当代  Ⅳ.①I227

中国版本图书馆CIP数据核字（2022）第161795号

# 留白  张 瑛 著

出 版 人：陈　波
策划编辑：陈启辉
责任编辑：游灵通
封面设计：王春霞
制　　作：江西墨刻文化有限公司
出版发行：百花洲文艺出版社
地　　址：南昌市红谷滩区世贸路898号博能中心一期A座20楼
邮　　编：330038
经　　销：全国新华书店
印　　刷：南昌市红黄蓝印刷有限公司
开　　本：889mm×1194mm 1/12　印张 15
版　　次：2023年3月第1版
印　　次：2023年3月第1次印刷
字　　数：60千字
书　　号：ISBN 978-7-5500-4774-7
定　　价：188.00元

赣版权登字：05-2022-159

认识女诗人张瑛已多年,我还曾为她别的诗集写过序言。在我的记忆中,凡是我为之写过读后感的诗,一定是让我产生了某种兴趣的诗。诗中表现出的风骨、神思、隐秀、情采、高境乃至心灵深处美韵的流动,都能引起我的兴趣。

让我不曾想到,但也并不感突然的是,最近张瑛给我寄来了她即将出版的诗画集《留白》,并要我为它写一点感想。之所以讲不感突然,是因为当下有不少作家开始练书法、画画,甚至写戏、作词、谱曲。个中原因因人而异,但我认为都与文学有关。因为文学对其他任何艺术品类都有着提供土壤和促进萌芽、开花、结果的神奇作用。

翻开《留白》,我先看的是画。如张瑛画笔下呈现的《家乡》,其展现在我眼前的是层峦叠嶂、碧穹浮云、苍松翠柳,绿掩老屋,窗含丹花,让人似闻鸟语。这情景与我的家乡无异,我也仿佛回到了梦中的故乡。再看张瑛的诗:"又是春天/家乡那些蓝的黄的粉红的花/都开了吧/小时候/常常跟着妈妈走在田埂上/捕捉鲜活的奔放的美好/努力想把它们/藏于记忆/藏于一条小花裙的褶皱……"

又如《山掩谁家绿树中》是一幅仿古水墨画。画面上险峻的山岗,高低有致,矗立于清浅的溪畔。一座古老的石桥抵达山亭对岸的洼地,稀疏的几棵绿叶茂密或红叶满枝的乔木,挺立在溪边随风摇曳。妇人带着小孩在桥上蹒跚而行。诗人就站在这片风景里沉吟:"这样

1

的翠绿 / 哪一束 / 是我要的风景 / 八千年的断裂 / 千疮百孔的心 / 我又能拿什么来修补。"

《留白》中的诗与画,描写的多是山水和花鸟之类。就着诗人穿插画中的诗,细细品味,其实每一幅画都在填补着诗人在诗中未尽的想象、情境和神思。这些年,我也偶尔画一点钢笔画,多是现场写生。完了在画的一角写几句诗,也算是弥补画的缺憾。我毕竟画功不足,难以洞悉天地人伦之奥。如此这般,即使心有酸楚孤独,也可疗吾一忧一痛,自得其安。

"暧暧远人村,依依墟里烟。……久在樊笼里,复得返自然。"陶潜告诉我们,人若进入这种自然之美、真实之境、无尘之世,才算步入真正的自然静境。故刘勰说:"日月叠璧,以垂丽天之象;山川焕绮,以铺理地之形:此盖道之文也。"可见山水诗原来可以言道,而又何异于画乎!

行文至此,我得回过笔来,对张瑛的画谈点浅识。张瑛的画,我不知道她画了多久,但见其线条、色彩、空间布局,以及留白和题诗之切、之逸、之雅,尤其是画中氤氲的高古、空灵、凝重、朗峻、淡静、清舒的气息,不是一般画家的笔下所能生发的。毕竟对古典诗词进行阅读、研究和创作,长久探奥,才可企及这种"心得中源"的境界。

不敢多写,还是给诗人留白吧!

诗歌的世界,原本就是荡漾秋水和绽放仙花的地方。

2021年11月28日于长沙

2

# 目录
Contents

似共東風別有因 絳羅高卷
不勝春 若教解語應傾國
任是無情亦動人
壬寅年春月
張候凌

## 你的到来是至高无上的贺词

天空
那么碧蓝
阳光
那么妩媚
风儿
那么轻柔
因为你的到来
一切都在向善
向美好
向梦想
生发

因为你的到来
灯光明亮了
花儿盛开了
泉水欢呼了

不
这些不是最重要的
你的到来
把我　我们
衬托得如此光鲜靓丽
因为你的到来
我们的脚步变得那么坚实
你的到来
是今天
至高无上的贺词

昔日井冈山上，革命得摇篮。千流归大海，奔腾卷巨澜。罗霄大岭峥，红遍半边天。

庚子夏 张琛 写

井冈山（宣纸）
180cm × 96cm    003

# 中国古村

你的娘子

在西厢房梳妆

花开始飘落的时候

枝头青杏羞涩


你是顺着太阳

走来的民族

如松之盛（宣纸）

180cm×96cm

马背上驮来粮食　女人和希望

离开战场　在他乡

燃起炊烟　根植信念

青砖红瓦

雕梁画栋

写就昔日的辉煌

一代又一代

香火延绵

你的娘子　哺育儿孙

他们

成家之伟业

成国之栋梁


中国古村

你的家乡

是龙　腾飞的故乡

群峦耸翠（宣纸）
139cm × 69cm

如果，走路走对了方向，

那就得一直走下去，不要去想路有多长多遥远。

困难肯定是有的，走不通的时候，

就要披荆斩棘，搬掉你脚下的拦路石，

不停地前行，总有一天，你会到达目的地的。

## 海南之蓝

想念一座城
想念他的苍老与青翠
青丝丛生的素颜
遒劲的肢体
海南之蓝

那一次
海的呼啸掠过大地
我渴望的神情
却已经无法　再远离你
这城市是否太过陌生
以至于我忘了你
上辈子
至真至诚的
追随
海南之蓝

这城市又那么熟悉
熟悉到记得你
前世
温柔的笑容　而我
只愿做一只候鸟
为你而来
停在你沧桑的肩头
千年生息

一天秋色冷晴湾（宣纸）

139cm×69cm

有山，有水，有凡心俗物，

这倒让我的灵魂再度缥缈起来，

原来的不屑，

只是为这至高无上的、从容的一跃。

## 爱 情

我穿行在黑夜
那些痛被我掩饰得
天衣无缝
你一直寻找的爱情
会在暗处的某个角落
滋生吗

也许你忘了
爱情
也关乎柴米油盐
关乎一日三餐

青春
固然是不老的神话
但
爱情
也会衰老
甚至死亡
爱情
也会逃离
在黎明前
无影无踪

## 安义古村

每一座村子都有它自己的名字
罗田　水南　京台
今夜
安义古村之南
"中国好声音"在这里
唱响的夜晚
我与水南有了一宿之缘

这是一个寻梦的夜晚
我们在街边
开启了冰啤　亮开了歌喉
花椒鸡　潽羹　金板搭银桥
原始的味蕾被一一打开
还有冒着香气的擂茶
黄澄澄的菊花茶
清新的绿芽茶

清晨　太阳刚刚升起
在铺满青石板的村巷
我听到远远传来的歌谣
孩子们的笑声
我看到
花海的蝶影　青涩的蔬果

娇羞的含苞的荷
随风招摇的小草

穿汉服的女子
仿若从千年前
从远古的盛夏走来
水袖舞起的时候
父亲的镰刀正在收割
他们从远方
带来了波斯菊　油菜花　马鞭草
还有给母亲
最初的定情物
微微的风
是荷塘带来的潮汛

周末
我们在安义　很安逸

# 扬 尘

或许早已遇见

八百里风尘扬起的牧场

你扬鞭策马

而我

仍是那么胆小

总是躲在尘世以外的

世界　想你

遇见时

鳞潜羽翔（宣纸）

　180cm × 96cm

不敢声张

怕开放的花儿枯萎

怕一缕风

吹走心香一瓣

怕四季无边的草原

不再为我绿

我就那么小心翼翼地

守在千里开外

守在你不曾经过的地方

守到风沙扬起

迷障了眼


有一天会遇上吧

在沙漠草原

在西雅图

我的画笔

轻轻掉落在你

夕阳的身影里

尔后

我会

策马而行

假装与你　不期而遇

君临天下（宣纸）
169cm×69cm

"空山松子落，幽人应未眠。"

这空空的山上，没有人影，而你分明在。

这柔柔的风啊！

分明就是你的呼吸，

穿透我千岩万壑的胸膛，

穿越我亘古不变的思恋！

## 松山小筑

这十里河山

我不要

只愿陪你于三寸江南

松山小筑

画你直立的每一根骨头

画你

酒里唱诗的梦呓

画你每一寸肌肤每一点笑意

每一回凯旋的风景

待时光静静苍老

待你身边莺燕归去

待你落寞地一转身

待你箫管声起


我依旧在梦里

忆你前生

战马铮铮

忆起那段

不曾了却的尘缘

忆起许许多多

桃花纷飞的故事

忆起那泪眼迷离的秋

而如今

依旧松山小筑

芳草天涯

苍苍竹林寺（宣纸）

169cm × 69cm

# 偶　遇

偶遇一个人
不是西子桥畔
不是花前月下
而是安福
武功山羊狮慕
问道沧桑

那个端坐于景中
那个与你狭路相逢
那个与你擦肩而过的人
当时光回首
蓦然想起
会不会有一份淡然的疼痛
像是倾尽所有
亦无法挥去的愁

谁会是你
用心　用生命　用余生
用能呼吸的每一天去想念的
谁会是你
一生不可或缺的缘
谁会从你的画面
频频走出
谁又会在你梦里
千回百转
执恋如初

## 靖安港背

　　人们最容易忽略的,就是自己身边的美景。"野渡无人舟自横",北潦河水静静地从九岭山脉逶迤而至,千年神龟孤独地立于潦河畔港背村口,千百年来,南来北往的人们却从未察觉神龟的存在。

　　注定,我们有一场心灵之约!注定,让我感知你的存在!这一切,如梦似幻,而又似曾相识。

　　2017年7月21日注定是不平凡的一天,我们一行人在港背包家祠堂门前潦河渡口,他们都坐竹筏玩去了,而我怕水不敢去。一个人在岸边正想蹲下来捡石子,突然回头发现渡口树下一只石龟正冲着我微笑,我惊喜道:"千年神龟!"当时靖安王副县长也在场,说:"张瑛,你为港背人做了一件大好事。"我又随手占顺口溜一首:

　　　　靖安港背包家后

　　　　千年神龟江边守

　　　　有朝一日腾云起

　　　　净瓶潦水佑神州

　　现在,逢年过节村民都会去朝拜,并在此许下心愿!

身外水天银一色(宣纸)

180cm×96cm

太行山之巍峨跌宕起伏
以其雄伟的身姿
接纳着
来自祖国的
儿女
来自世界的
仰慕的
宾客
而他总是
默默静候
俨然钢铁
的士兵
守护着
家园
等候着
你我
而又像
强壮的新郎
与他美丽的
新娘
朝云暮雨
生生不息
庚子夏日
张瑛录
二零一九八作
太行归来
所作小诗
今以画写之

梦回太行（宣纸）
200cm × 90cm

## 梦回太行

我怎么可以装着无动于衷

我怎么可以悄悄地来

然后静静离开

当我面对你

一次次怦然心动

这八百里太行啊

恰似我中华勇士

铮铮铁骨

那天夜里

我梦见太行

一寸寸

安放

在心里

秋季

美丽的太行

漫山遍野

缀满红红的相思果

那时呀

我梦见自己

变成一位仙子

自由自在

随云起雾散
随你的笔落下挥起
随你的心情
跌宕起伏

太行
以其雄伟的身姿
接纳着
来自祖国的儿女
来自世界仰慕的宾客
而他总是静候
俨然是刚强的士兵
守护着
家园
等候着
你我
而又似强壮的新郎
与他美丽的新娘
朝云暮雨
生生不息

# 家 乡

又是春天

家乡那些蓝的黄的粉红的花

都开了吧

小时候

常常跟着妈妈走在田埂上

捕捉鲜活的奔放的美好

努力想把它们

藏于记忆

藏于一条小花裙的褶皱

梦里故乡（宣纸）

218cm×50cm

藏于童年不经意的
招摇的马尾辫

妈妈走着走着
就老了
妈妈走着走着
便不见了
于是
我常常梦见妈妈
年轻的模样
常常在睡梦中
哭着醒来

## 虚构主题

百转千回
初见的美好跃然纸上

如果可以
让我在芭蕉叶下
端坐
等你归来
看你风尘的身影
照亮夕阳

如果可以
请停停匆忙的脚步
和我
在温暖的春天
在开满鲜花的小径
去追寻一只青春的蝴蝶

或是
在落叶纷飞的小院
煮一壶秋色
相视无语

好想跟随你
流浪四季

纵情于山纵情于水
纵情于点点滴滴
把你手中描绘的热情
融入心底

少甫
你的一抬手一落笔
都会让我
怦然心动
感慨满怀
少甫
我愿在你身旁
不近不远
听你
偶尔疲惫的喘息
我愿
成为你笔下的
那片红叶
不骄不躁
或者
是你某一处留白
留一份今生
我永远无法企及的
执念

何须闹市争名利（宣纸）

139cm×69cm

## 夜宿丹分

　　一笑倾城,再笑倾国,诗有多美,画就有多美。从山水画来看,我们的老祖宗很早就用各种抽象的符号把全国的山水很典型地描绘出来了。宋代范宽的《溪山行旅图》描绘的就可能是太行山一带的山水。我们来的时候正是太行山的雨季,烟雨迷蒙,更添了几分优雅与神秘! 我们穿行在雨中雾中,顺溪而下逆流而上,白天看山花野果峭壁,晚上有瀑声相伴入眠,何其美哉!

　　　　夜深太行枕瀑声

　　　　农舍丹分难入眠

　　　　敢问桃花何处觅

　　　　如今空留折枝人

　　太行山有很多的故事,等你来读!

太行山写生（宣纸）
169cm×35cm

去留随意（宣纸）

169cm × 60cm

"春山澹冶而如笑，夏山苍翠而如滴，秋山明净而如妆，冬山惨淡而如睡。"

这是对山水画最动人的描述，观之喜之！

让人欲罢不能！

## 偷文字

你说

一万六

把这些文字全偷回去

我说

应该更多些

我要知道更多

用以

在自己的文字中把脉

掂量了很久

我醒了

原来是在梦里

我在捉襟三寸

摸到自己裸露的骨头

春来发儿枝（宣纸） 小品（仿弘仁笔意）

# 梦

我总是在这时间

醒来

夜

在这里逃离

一拨一拨的人从梦里

涌出来

涌到小时候的

田埂上

我看见自己赤裸着

双脚

站在故乡

松软的土地上

我看见那温柔的

眸子

我的书中流着殷红的

血


那时候的你

还未出现

我们的故事还未

开始

所有的话语还只是

一个序曲

夜

还在逃离

我却醒在夜的

脊梁

静静地

想归来时你的

沧桑

飛鴻響遠 音庚子我月张揆於昌南 🔲 🔲

飞鸿响远音（宣纸）

180cm × 96cm

## 行走太行

我在太行
行走在高高的蜿蜒的
太行天路
生命的慵懒被
太行的风
太行的云
太行的坚韧与勇敢
一一叫醒
骨子里的血在奔涌
在撕裂
在阵痛
在肆无忌惮

来的时候正是雨季
落花已随流水
了无踪迹
他们说的
属于桃花谷的爱情
王相岩的傅说呢
是不是
也早已
灰飞烟灭

海誓都化成飞瀑

唯有山盟

年年岁岁　独自

独自　等

等你归来时的热泪盈眶

等你的灵魂融入

我即将展开的画面

等你的诗里

相思盛满


而我

永远是个行者

行走在亿万年前

高高的山巅

一些故事已忘记

一些

刚刚开始

太行山写生（卡纸）

只是为了留些记忆，草原和沙漠，第一次让人如此惊艳。

生命中的许多美好都在蓝天碧水间，一沙一世界，一叶一相思。

多年以后，一杯老酒，一句闲词，聊慰此生。

## 十九日

十九日

晚

下雨

我听到窗外

滴答绵延的冬

正向着某一角落撒播

寒冷

冰雪

我听到一种心跳

渴望门声响起

而雪在门外

悄无声息

太行山写生（卡纸）

太行八百里，天路遥相连。

已是盛夏酷暑时，唯其温如玉。

逆水攀岩上，芬芳扑鼻至。

水珠溅落起回声，乾坤入画里。

## 上帝老头

上帝
这个聪明的老头
给予人类完全相同的配件
人与人却从不雷同
我常常惊讶于他
造人的千变万化
他能准确地揉捏出
人类的意识和思想

不过
上帝也有败笔
这就给人类
留下了安全隐患
让人有不安、焦虑和痛苦
上帝这顽皮的老头
有时还会模糊我们的双眼
混淆视听
让我们走得跌跌撞撞

春青留花秋有月
庚子孙瑛作

夏有凉风
冬有雪
庚子孙瑛

春、夏（宣纸） 四条屏
169cm×35cm

## 我在春天去看你

谁的笔一抖

一夜间

使整个春天盛开

新娘在晨曦中

慵懒梳妆

李子花洁白

地铁的脚步

惊醒邻家的婴儿

我乘着初春的一缕阳光

去看你

高铁呼啸

穿过草原、沙漠和喜马拉雅

穿过太行山美丽的侧影

穿过塞纳河的长发

停在你的院子里

油菜花早早地开了

郁金香倚在风的肩头

我在春天一转身

拾回自己

青春灿烂的红颜

秋、冬（宣纸） 四条屏
169cm×35cm

## 夏之旅

我正穿过
一条长满水草的河流
我的歌声落在水面

脚踝之间
有鱼儿嬉戏
水草游弋着　像是
无心的旅者
距你不远不近
与你肌肤相亲

我正穿过
一条长满水草的河流
我的裙子在
欢乐舞蹈
低下头
我看见水底
泛起圆圆的梦
跟着我
汲水漂流
跟着我
无所适从

不闻闲杂语
山居听泉声
己亥张瑛写

不闻闲杂语（宣纸）
169cm × 69cm

## 今日大雪

大雪已至
冰冷的雪花就要到来
我的思念在不断生长
生长

炉火烧得正旺
一些记忆
藏在夏日的某个角落
那壶封存已久的老酒
此刻开启
就着未老的光阴
你一口我一口

那些故事
本也可以记住
但忘了
未必不是好事
冬
在大雪纷飞中
推窗而入

乔木藏村古
枯藤耿远微
苍红随蜡屐
空翠近荷衣
抱翁云间坐
吹笛月下归
桃源吾醉矣
何必问此非
己亥年仲夏
陈瑛作

乔木藏村古（宣纸）
150cm×69cm

046

## 秋 分

树上的叶子

一半黄了一半绿着

想象和你重逢的样子

是不是还和从前一样碧蓝

我欢喜的容颜

不会随着时光

老旧了吧

或许

还是春天的样子

长满一年的期盼


分别的日子显得漫长

我总是躲在阳光之外

生怕一不小心

被你看穿思想

相见与别离

隔着空气和绿

仿佛一伸手

草就枯黄


秋分

其实也很美

一半断肠一半心酸

### 前生的梦里等一次离别

我总是坐在某个角落

等你

等云飘过有你的天空

等思念的小雨不停地下

等你雨中漫步

注定

我是想你的

每一个疲惫的梦里

你都是夜的主题

那一次我梦见

我的将军骑着马

在热闹的街市

离我而去

泪水便弥漫了夜

我梦见

许多平凡和琐碎的日子

和你弓腰驼背相互取暖

我梦见

灶台的柴火燃烧着

你在门口抽着烟

昏暗的灯光下

我已看不清你的脸

每一次梦醒就是一场

离别

应该从前生的梦里

走出来了吧

走到我想见

而见不到你的地方

握着冰冷的黎明静静醒来

而后慢慢老去

等下一次别离

八月湖水平（宣纸） 仿古意小品

云间铁瓮近青天（宣纸）
180cm×96cm

## 平凡的日子

不奢望
独自拥有
一朵花的春天

不吝惜付出
在漫无目的的雨中
滋养一棵小树
催生一枝嫩芽
从不喊痛
当从梦魇中哭醒
当思念痉挛
当夜莺都已睡去
我却醒着

念想
早已结上厚厚的茧
来往的人群
一张张熟悉的脸
慢慢离去

每一天
都平凡如此
感慨和惊喜都藏在
厚重的
外衣之外

# 中 秋

## 一

人们都在赏月
而月
寂寞得只剩一个圆
高高地挂在苍穹
睁着惊恐的大眼
我
也只有我
远离月　桂花和酒
远离家乡和你
今夜
我把酿好的心思装进口袋
跟随梦
走进
微凉的秋

## 二

你说古老的秋
有胡琴的低吟
有胡杨的坚韧
今夜
我把酒壶挂在月梢
将要开启的征程
波涛万里

三

没有人可以读懂
一片红叶徐徐落下
我重复着的故事
开头和结尾
被
剪辑成一个圆

四

我不知道
今夜你会想谁
我听不出你的话
欲言又止的话
你说月圆了还会残缺
而人呢

五

此刻
我在一幅画里
穿行几个世纪去找你
我看到古堡古剑古城墙
我看到一墙之隔的
闪烁的灯火
你应该还在
在一个古老的故事里
守护那夜的秋

风烟俱净
天山共色
从流
飘荡
任意东西
庚子之
夏日
张琛

风烟俱净（宣纸）
60cm×96cm

## 翁牛特旗

让我骑着骆驼
在翁牛特旗
与太阳同行
微风吹起
沙棘招摇
轻扬的尘沙
飘飘地　落在裙上

翁牛特旗　今夜
记忆中的雨飘过
我爱恋着的黝黑的
牧马汉子
每晚挑一缕月光回家

一路向北
梦境越来越真实
我看到
祖先几千年的身影
烈火焚烧的胸膛
雄性的歌喉
穿透玉龙沙湖醇厚的酒
中国龙　正昂起高贵的头
红山羽神不倦地
诉说着　华夏子孙
亘古不变的
眷恋与牵挂

松下草亭（宣纸）
139cm×69cm

# 穿过记忆

如果那些记忆已飘远

是不是总会留下一些痕迹

像种子破土

泥土的决裂

像风吹过

抚皱慵懒的水

像星星

醒在午夜

我用叹息

穿过记忆无声的痛

## 世事浮华

那些灯
都还亮着
而你
早就褪去了衣裳

车
还在奔跑着
呜咽着
我喝下的酒
一口酸
一口辣
在胃里反复纠缠
回家的路
近在咫尺
而又
远在天涯

行人的目光
有点诧异
我是
无家可归的孩子
囊中羞涩
幸亏手机的电
丰盈着
足以支撑我
走过这
漆黑的路

## 金溪雅集

也许

这里曾是你的故乡

千年之后

你从千里之外

因马

鹊平而来


陈郑冯谭楼周

伯程新余

涧影见松竹（宣纸） 仿古意小品

携翰墨豪情
引一方山水
竟纳千祥

是日
龙虎幽林
千峰竞秀
王孙公子
皆挥毫泼墨
揽半壁江山
坐拥百福

天师老矣
而吾辈正当少年

三张二刘一汪
有小溪做伴
村古道幽
金溪其上
波尔有情
师生雅聚
是谓人间快事

山水（宣纸） 斗方
69cm × 69cm

我的眼睛有时会模糊，

我的眼睛看向混浊的世界之外，

一切，似乎不再神秘，

我古老的念想就在这慌乱中开花，

结果，滋生美好。

# 备 注

总在你狭小的空间

穿行

读你的喜

品你的乐

忧你的忧

总是一个人

翻寻你的过往

又默默地

装作从未来过

依然喝茶煮酒

用沸腾的思念告慰

就算你隐身更名

洪荒四野

我早已

把你备注成

我的永恒和唯一

村居自潇洒（宣纸）
69cm × 69cm

我在诗画里打坐，诵经，
我的经文，仿佛只有自己能懂，
我常常放下所有，超然物外，
这才是真实的我呀！
不需要理解，也不需要解释。
我的安静，让旁人无所适从。

## 春风唱起四月的挽歌

春风
唱起了挽歌
在四月的田园
招摇吐绿的稻浪
她想离去的脚步
苍老在金黄的故乡

我们依旧挤在
时光狭小的隧道
听自己的心跳
向左是壁
向右是壁
只有前方透着
闪亮的光

四月的麦芒
刺穿我流浪的眼
田埂上
殷红的血
浸湿我赤裸的双脚

# 新　干

新干
一个满地涂金的王国
连橘子皮
都镀上古铜的褐

父辈从先秦　从汉唐
从远古的长河中
跋涉而来　逆水而上
他们　朝耕夕读
带着最初的美好

新干的美是极致的
要黄就黄成长矛　短剑　大钺　鼎
陶母封鲊　何郎清节
要清就清成赣水之流
岳飞点将
要红就红成丹心
要白就白成盐田万顷
要苦就苦成良药

新干的风是轻柔的
蒟洲岛静卧
成群的牛羊栖息怀抱
白鹭飞翔

孩子们嬉戏

新干人是热情的

有朋自远方来

他们会打开尘封的赣酒

讲着　多年前的故事


蓦然回首间　我看见

父辈　曲躬的身影

流出一地

金灿灿的黄

窥谷忘返（瓷板画）

60cm×35cm

天山共色（瓷板画）
60cm×35cm

## 景德镇

遇见你
怎能只是绝世之美

景德镇
仿佛一道极光
穿透心脏
让人目眩

生与火的历练
在窑里生发
青花五彩
斗艳争奇
静置于坯胎
俯瞰人世的庄重

此刻
我沉默在你的身边
用颤抖的手
挥霍你
来不及抚平的伤
一切都像早有预谋

像我们前生早已相遇
像你展开的双翼
即将高翔
又像
陶溪川温情的目光
昌江河姑娘的初妆

景德镇
有多少故事在
流淌
景德镇
一直是
我们的方向

仿古意小品（瓷板画）

太行秋色写生（卡纸）

天，在不自觉地靠近，云卷云舒！
一个个故事在枝间抖落，
那村庄，那小桥，那流云，
我看到儿时嬉水的光阴，
梦想顷刻在这里起步，
伸延，无边无际。

## 晚　秋

你说
相遇即美好
尽管有风雪落花

我在　一些平凡里
想你　遥远的温暖
想你的家乡
是否飘起了雪花
想你门前的枣树
是否褪去了最后的黄叶

我
一个人
焚香
煮茶
想你风尘仆仆地出现

总是言不由衷
总有一些心思
无处安放
只好
静默于自己的世界
听窗外
风声响起

坐看云起（卡纸）

## 蝶恋花

清明散落雨欲静，心事飘零，枯叶离枝阵。
寒夜孤鸦漫吟吟，凭栏浊意怎消停？
胡言乱语扰心境，愿独远行，从此无音信。
他乡相遇非故知，愚慵之人怎相近？

## 一 念

总觉得距你那么遥远

总想能够偶遇

和你喝杯咖啡时光

静静地相互看一眼

想你握着我的手

给我些许力量

想把天涯变成咫尺的缘

想在大雪纷飞中

兑现诺言

就那样默默靠着

相互依偎取暖

不知何时能遇上啊

慰我此刻想你的荒唐

中歲頗好道，晚家南山陲。興來每獨往，勝事空自知。行到水窮處，坐看雲起時。偶然值林叟，談笑無還期。

辛丑年秋月 張緣寫於瀋陽門

中岁颇好道（宣纸）
169cm×69cm

## 袁隆平先生

田埂上的白花　一簇簇

一夜之间全部盛开

在天公多情的泪水里

我也早已泪眼模糊

这岳撼山崩的　何止是大地

还有我的心　普天之下千千万万颗心

袁隆平先生　安静地离我们而去

稻田里　青苗疯长

它们也赶着看您最后一眼哪

花　是沉甸甸的

装满几万个日夜

五月二十二日　停在永恒的初夏

我永远也不会忘记

妈妈捧着一碗白米饭　泪眼婆娑

国士无双啊　一首短诗

怎能写就您的风华

您走了　在大地绿色的胸怀沉睡

您的微笑　在稻花丛中熠熠生辉

年年岁岁　岁岁年年

种子都会生根　发芽　结子

它们是您的生命

是您归来时的样子

依稀梦里是故乡（宣纸） 小品（仿弘仁笔意）

## 在北方

我的院子在北方
我冻伤的手在北方

我独居的山村
枯黄的山村
南风曾经吹过
燕子曾经回过
海棠花开过

我的院子里没有你
没有玫瑰
只有蔷薇　月季
生长尖锐的刺
只有雨雪　冰雹
击穿脆弱的心

我的温暖在北方
我受伤的眼睛在北方

小品（仿弘仁笔意）

## 断　片

### 1. 雨

一场雨
说来就来
雨过之后
我的一朵刚开的花
下落不明

### 2. 茶

一杯之大的天地
你能舞出万千姿态
竖起来根根中立
倒下去自成风景

### 3. 叶子

我看到了叶子的绿
却忘了她背面的斑斑虫迹
曾经苦痛的断面
秋风秋雨的欺凌

### 4. 蒲公英

你飘来的时候
带着爱的气息
那么单纯
你轻轻地
落在我的心上
开始
生根发芽

寂静山村闻书声（宣纸） 仿古意小品

农月无闲人（宣纸） 仿古意小品

野童扶醉舞（宣纸） 仿古意小品

## 黄 昏

黄昏的时候

我看见花的影子

暗淡了下来

我看见飘落在地的花瓣

绕过我的脚踝

我看见低垂的叶子

无精打采


黄昏

我得独自回家


趁太阳还未落山

我得回家

为自己开灯

燃起　温暖的火

白水明田外（宣纸） 仿古意小品

持斧伐远扬（宣纸） 仿古意小品

## 刻　度

把文字分段
以点的形式
刻进每一块岩石
每一棵树
每一条溪流
刻进我这　血肉之躯

我要在心尖上建一座塔
让你每一次跳动
都涌出我如血的热浪
我要在生命中立一块碑
上面住满火种　光和闪电
我要把文字的音符
一遍一遍传唱
不知疲倦

然后
带着满心的富足
做一次　遥远的旅行

山崦谁家绿树中（宣纸）　仿古意小品

这样的翠绿

哪一束

是我要的风景

八千年的断裂

千疮百孔的心

我又能拿什么来修补

# 夜　夜

凌晨三点

我还醒着

我听见风　洞察一切

我听见

她在窗外

哂笑

我听见

旧情复燃的夜虫

辗转的啾唧

我听见自己的心跳

慌张无序

雷声还在继续

在人们熟睡的夜晚

只有我知道

她的烦闷　惆怅和不安

轻轻地闭上眼

假装什么都没听见

假装

你从未来过

春风荡漾（宣纸）　仿古意小品

山水（圆卡）

恬静（圆卡）

守护家园（圆卡）

静待佳音（圆卡）

## 关于流言

当满世界的谣言

疯传

我看不到真相

我把心锁在那个冬天

零下 360 ℃

忘记了疼痛

呼吸微弱

神经错乱

而你

避开所有

猫着腰

像凡夫俗子

在人群中

穿行

这次

流言未起

硝烟弥散

## 天池爱情

想象一场盛大的婚礼

你　盛装而来

想象所有的美妙

向着长白山群峰拥来

想象初升的太阳

照着

双手捧着哈达的你的脸

想象

你的新娘

向你一路奔来

归来（圆卡）

清远（圆卡）

我看见

那比天池更澄澈的眼神

我听见热烈的心跳

我听见这世间

最美的话语

我听见

尘埃落定


你说

你是我今生

最爱的姑娘


这千亿年沉睡的碧水啊

仿佛只为等

这一刻的到来

雪莲花盛开


仿佛只为等

这一世

坚贞不渝

你的爱

仿佛只为等

这一世

与你一起的每一天

每一分每一秒

## 致李敖

有些人
是不会死的
即使躯体离开我们
他的光芒还在
像李敖

有些人
是不可以离开的
离开了
便会有缺失
会让我们感到惶恐
感到不安
像李敖

我喜欢李敖
喜欢他的直率真实
喜欢他的嬉笑怒骂
喜欢他的不屈不挠

我喜欢李敖

泼彩（圆卡）

泼彩（圆卡）

088

天高云淡（圆卡）

村居（圆卡）

不仅仅因为他的才情

他的犀利的言语

他的敢作敢为

还有

他面对困难的坦然

面对恐吓的

那种

毫不畏惧

一个李敖走了

多少年后

谁会是又一个李敖

行者无疆（圆卡）

踏歌行（圆卡）

## 下午茶

相约在一个午后

天气不温不火

我们

就两个人

装一壶山泉

用柴火煮沸

放入刚采的新叶

看水

慢慢变绿　成碧绿

然后就着阳光

相视对饮


四周的花儿都开了

茉莉和栀子花

香得那么明净　通透

去年结实的金橘

黄澄澄　挂在枝头


风　轻抚过迷迭香

浓烈的气息

沁人心脾
几只蝴蝶在花间追逐　嬉戏
阳光下　翩跹起舞

周边
那么静谧
只有鸟儿偷听到了
我们的心思

顺手摘下一片叶子
放在手掌心
看她娇嫩的生命
展翅欲飞

这是我们俩的午后
碧空如洗

生命的力量（圆卡）

归真（圆卡）

江南春韵　扇面

突然想起任昱的隐居。
有时，人生最乐之事，
就是在惬意中虚度光阴。

# 生 命

极其沉重

又无限灿烂

她要在绝境里

开出最美的花

她要用灵动的光

点亮漆黑的夜

任凭荆棘密布

任凭雨雪电雷

任凭苦痛和磨难

她定要撕裂浓雾

走出迷途

坐看云起（圆卡）　　　　　　如秋之静（圆卡）

幽谷泉鸣　扇面

**相遇别离**

各自的家乡
我们老在
经年后
或许注定离别
一段岁月
我怎么去安放
若是没有遇见
如诗的时光
谁来浪费我
若是没有遇见

山水清音　扇面

## 秋

秋天的日子很短
我们的话题
剪裁得很深
知了在忘情地对语
薄纱还未更换
我们深藏的心来不及裸露
你就要离开

这是个秋天
孩子们依然在树下打闹
叶子渐渐枯黄
你匆忙地经过
这个秋
像极了我们
曾经说过的誓言
像极了你的
漫不经心

095

## 草原牡丹人

雪

还未落下

窗外　零下十二摄氏度

我在你手心　盛开成

你想要的模样


这冬

我定要绽放

你是春天的样子（宣纸）

135cm×35cm

妖娆在你宽阔的胸膛

时间

将不负你

一如此刻

款款而生的情愫

一如此刻

你青春勃发的脸庞


我沉醉

在你每次的豪情泼洒

留一袭嫣红

聆听

你的悲喜　你的忧郁和落寞

为某一世的约定

来到你的身边

成你含苞待放的雍容玉骨

成你眉心

转瞬即逝的黛青

成你千年无休无止　挥霍不完的风景线


今夜

我在乌兰哈达

画堂帘卷张清宴（宣纸）
169cm × 69cm

今古河山无定据，画角声中，牧马频来去。满目荒凉谁可语？西风吹老丹枫树。

从前幽怨应无数，铁马金戈，青冢黄昏路。一往情深深几许？深山夕照深秋雨。

纳兰性德的词总是显得那么凄冷！

"铁马金戈"到头来还是"夕照深秋雨"！

## 沙漠之花

风
在无休止地刮着
我像沙漠上奔跑的
那只瘦小的骆驼
阳光　风沙　荆棘
想起你疲累的眼
想起一条遥远的路

寂寞　是沙漠深处即将
冒出的泉
似我的泪
来不及酝酿
就一泻千里
沙漠之花　就要盛开
阳光照耀之下
荆棘横生　羊群安静
我受伤的马　默默无神
沙漠之花就要盛开
在沙漠深处　盛开

# 磨　盘

要做就做推磨手

决不做磨旁的一粒谷物

万紫千红（宣纸）

180cm × 35cm

总会有一些花在窗外默默盛开！

窗里窗外,总有经年诉说不完的故事！

怀揣一份美好,日子,便可美如花开了！

我的心在花里,我的花在画里,

我的画却又落在了心里,无穷无尽,无拘无束！

# 谷 物

在磨盘前我会粉身碎骨
在土里我会生根发芽

春回大地（宣纸）
180cm×35cm

在寂静中懂得，在平淡中遇见！
抗过这年年岁岁的冬雪与寒雨，
虚心于喧嚣的世界里聆听，
学会在世俗的境遇中忘却，
经年以后必会红得如此冷艳，
红得如此摄人心魄！

晓露精神妖欲动（宣纸）

169cm×69cm

我是记得你的好的，一些时间的名词被我忽略，

我在内心盘腿，独行，在那个极致的午夜，款款走进你的梦里。

## 我和你隔着一座城

灯光暗淡的时候
我在黑暗中
想起一些　即将老去的花
想起一些人
一座城市
城市的灯火

那座城
始终离我很远
我走了很久　很久
蓬头垢面
可是以我们的距离
始终可望而不可即
我走过的土地
青草生长　花儿盛开
我走过的土地
长满一生的渴望

可是
就算倾我所有
也到不了　你的城

## 你是雪山盛放的那朵莲

闭上眼

你的笑容

挥之不去

灿烂温暖又

摄人心魄

佳雪

你是雪山盛放的

那朵莲

琴棋书画

诗酒花茶

你把书画经营成

生活

成你生命不可或缺的

一部分

为同道人穿针引线

注定了

富贵花开（宣纸）
169cm×35cm

富贵花开（宣纸）
169cm×35cm

你的不平凡
你的高雅清丽
你的与众不同
如果幸福是道光
你就是走在光影中的
那个女子

有时候
你也会像个孩子
放纵自己
放纵酒放纵歌
放纵哭或笑
多么真实而无忌
佳雪
你永远是
雪山盛放的那朵莲

# 飞　蛾

我把飞蛾的翅膀

剪下接到身上

努力朝着火光飞翔

也许一不小心

我便会在一瞬间

灰飞烟灭

那时我也要努力

借火光照亮

若只如初见（宣纸）
180cm×35cm

宁愿停下来，与一只鸟对语，

当鸟开始言语的时候，花儿便会灿烂，

于是，我的心事便会在花海里，盛装开放。

# 大 海

夜

伸手不见五指

波涛暗涌

我驾驶着的小舟

即将颠覆

灵魂

即将万劫不复

万紫千红（宣纸）

180cm×35cm

别时蜡梅吐新蕊，相见桃红谢老枝。

无意春风休百事，莫道前路无知己。

日暮时分，总有一种淡淡的愁绪，总会怅然若失！

## 盛开的春天

我听到空气

拔节的声音

我听生命

盛开

回旋在

花与叶之间

梦

是必然的

像夜

漫无边际

我虚张的怀抱

从无定律

却足以

让床安睡

# 人生就是一场场错觉

**1**

每晚都舍不得睡
仿佛一闭上眼
就错失许多光阴

**2**

我躺在夜的怀里
谁又躺在我心里
那么沉
那么重

**3**

我开着所有的灯
我在黑夜睡着
所有的灯都开着
我在春天醒来

百花齐放（宣纸）
350cm×35cm

# 葱

我喜欢清清白白

坦坦荡荡

晨曲（宣纸）

180cm × 35cm

我不知道你曾经历什么，阵痛？裂变？

不，其实这些，远比别人不信任的眼光好！

我愿意在孤独中把自己一点点撕裂，再一点点一点点缝合，去掉所有的委屈与不幸！

当你再见我时，我仍在笑着，灿烂着！

生命本身就是一种痛。习惯了对自己说："再坚强些，你永远是你。"

是的，再坚强些，不为证明给谁看。

## 风雨兰

我在阳光下生长
也在暴风雨后盛放

清者自清（宣纸）
180cm×35cm

他们说，生命的价值，不在于有多绚烂，只在于追求的过程有多充实！

有欢笑有泪水，有挫折有收获，

当有一天回看来时路，给自己一个舒心的笑容，

不负青春不负韶华！

春色尚早（宣纸）

169cm×69cm

我们一直在寻求，美好的时光！

美好的人和事！美好的花开！

## 有一种期待叫有生之年

我们会慢慢老去
在有生之年
让我爱你或是
恨你
我们终会觉得
日子并不漫长

在有生之年
我把自己煎熬成
最后一粒露珠
接近或是抛弃你
请不必介意
当时光也要老去
我仍以少女之心
想象你归来时的
波澜壮阔
想象三千里
马蹄声回响
想象一场静美的雪
悄然降临
我们会慢慢老去

在有生之年
我们曾多么豪迈
肩扛大地
行遍山河
在有生之年
我们相濡以沫
我们低眉吻雪

花间堪折直须折

莫待无花空折枝 辛丑年春 张瑛写

花开堪折直须折（宣纸）

69cm × 55cm

艺术，有时也会迷惑，找不到方向。

当艺术，从阵痛中醒来，破茧而出，便会雾散云开！

## 失 眠

十二点半

夜就醒了

想起路边摊龙虾的身影

想起今晚

做了又忘却的梦

想一头钻进酒里

找个月亮偷欢

种竹淇园（宣纸）
180cm × 35cm

萬紫千紅總是春 辛丑 吉月 張槙寫

万紫千红总是春（宣纸）

69cm×35cm

春天了，听说黄马桃花开得正旺，何时约上三五好友，与桃花来场约会。

"若我会见到你，事隔经年，我如何和你招呼？以眼泪？以沉默？"（拜伦）

而遇见春天，当以诗，以酒，以曼妙的舞姿！

## 向街道社区基层工作者致敬

戴着口罩

我不能准确地看出你们的表情

但我看到了　你们凝重的眼神

街道上，小区门前，路口

都有你们匆忙的脚步

都是你们辗转的身影

哪里有困难　哪里就有呼声

哪里有危险　哪里就有你们

你们是最基层最接地气的好同志

你们不是白衣天使

做不了在前线冲锋的英雄

可是你们

要为社区安全竭尽所能

你们责无旁贷

要为国为家守一方安宁

口罩　消毒水　洗手液

帐篷　棉大衣　餐巾纸

我看到迎春花

绽放在这温暖的字眼里

我的心

也被鼓舞着　感动着

洪春敏　陈文财　尤晓蓉等等

你们是社区

最最亲爱的家人

牡丹一朵值千金（宣纸）

69cm × 35cm

春到上元夜，细雨纷纷时。

云外月流连，佳人在他乡。

溪山无尽，人生无常，走一程便是一路风景。

山间有春夏秋冬四季，人生有悲欢离合百态。

且让我以行者的姿势，欣赏一切美好，领略不同人生。

## 庚子新春

当一切都慢下来
当寂静不再是黑夜的代名词
当孩子战战兢兢地看着母亲受伤的眼
当我坐在阳台
看着街道只剩幽灵一样的树影
此时　我想哭
我想哭着醒来
想妈妈告诉我
这只是一场噩梦

而我　分明醒着
我听见一串串受伤的名字
我听见死亡的魔咒
我听见异类咆哮的声浪
这之后　我听到了忏悔
深深的沉重的忏悔

我相信一切都会好起来
当阴霾全部散去
当我们重新置身于
热烈而紧张的工作
当无忧无虑的生活再度开启
我会对着苍穹　深深地
鞠躬　鞠躬

最美的遇见（宣纸）

90cm × 60cm

今天是个节日，别人的！

今天是个日子，是我的！

在别人的节日里，我的世界，无他，无我。

但请欢喜，阳光如此娇艳！

但请欢喜，茶壶溢出淡香！

# 守 岁

一个南

一个北

一条直线的距离

庚子新年

我们停止了颠沛流离

我们静下了心

听家人的唠唠叨叨

我们静下了心

和家人相视无语

我们开始从容地打扫收拾

我们开始卸下浓妆

我们开始冷静思考

我们都在完成着

从未完成的使命

守岁

守住一份平安和淡定

守住老祖宗几千年的遗愿

守得云开雾散

守得家庭美满

## 吴冠中先生

有棱有角
有魂有肉
我躲进那片灰白
读您

今晚
夜的主题在弥散
我在屋檐下
慢慢读您
吴冠中先生
我触到您孤傲的灵魂
我触到您隐秘的痛

不
并不是您孤傲
只是为了掩饰
那颗不被理解
不被接纳的心
游离在世俗之外的

孤独的心
您说
不必悼念
去看我的画吧
我的一生都在画里
我的一生
都在画里

我一遍遍读着
一遍遍读着
泪水便模糊了双眼

下一个转世轮回里
愿与您相遇
在阳光温暖的午后
与您促膝长谈

有此倾城好颜色<br>
好颜色<br>
不负春光<br>
不负君 辛丑年 春月 张孫写于昌南

有此倾城好颜色（宣纸）
69cm×69cm

在你的视野里，是否有一个人，

弥足珍贵，常常出现，

而她，是你失去的，

像流年，轻柔地滑过你指间，

可你，还是失去了她，

许多的故事也一并流失。

## 不要和陌生人说话

戴着口罩　墨镜
行走在城市的边缘
远离人群
在寄居的屋子旁搭个棚架
把心思一一种下
看它开出美丽的花

不要和陌生人说话
是小时候妈妈跟我
说的话
如今我长大了　妈妈老了
我却要告诉妈妈
不要和陌生人说话

不是对你冷漠
而是
我们在互相保护
以一种近乎残酷的姿态
互相保护

不要和陌生人说话

牡丹一朵值千金（宣纸）
169cm×69cm

## 白　露

我的裙子
比白露还白

风开始转凉
太阳开始捉迷藏
猫儿循着桂花的香味
去找玩伴

我躲在唐诗里
读儿女情长

白露
水珠凝结成霜
满树的红枫叶
追寻风的方向
回归来时的家园

愿與你對視像情人一樣——致洛陽牡丹

愿與你對視 在你含苞的時候 讀懂你 深藏
的那段秘密 你是吉都的仙子啊 你是武媚娘額前的
那顆痣 你丰腴了雪肌 傾國傾城 我愿與你對視 綻放在
你合苞的時候 讀懂你 讀懂生命中的那一
段是你至愛至純的素 你笑得淡然 每一瓣都是你生命的熱烈
都是你極致的美 每一次生命六陽去我到未都讓人留連 洛陽我在洛陽不是第一
次來 千年前 我便來過 我是盛唐夢里那一林鮮綠 日夜守護的花神 年之三月 我會來到這里 與我心愛的情人
對視無語 相擁毒遠

花開的時候 我愿凝視你 看你風中婀娜的身姿 看你從容的綻放 迎著朝陽 我微笑 我靜默 我愿與你對視 綻放我失枝葉 我想洛陽 我想懂生命中的哪一

己亥張瑛於洛陽有感而發并記之

愿与你对视（宣纸）
169cm×75cm

## 花开的那个春

这个时候
你应该已经睡着
而我突然忘了
你睡着时的样子
还会不会在睡梦中
双手无序地捞谁的影子
还会不会
絮絮叨叨
喊一个旁人听不懂的名字
还会不会
半夜惊醒
说要带她远行
你睡着的模样
一直像个孩子
像极了
花开的那个春

暗暗淡淡紫,融融冶冶黄(宣纸)
69cm×45cm

129

## 愿与你对视像情人一样

——致洛阳牡丹

花开的时候

我愿凝视你

看你风中妩媚的身姿

看你从容地开放

迎着朝阳

或微笑　或静默


我愿与你对视

在你含苞的时候

读懂你深藏的那段　秘密

你是古都的仙子啊

你是武媚娘额前的那颗痣

你丰腴了雪肌

倾国倾城


我愿与你对视

开放或是枯萎

我想读懂

生命中的哪一段

是你至高至纯的美

你笑得淡然

每一瓣
都是你生命的热烈
都是你极致的美

每一次
生命的归去或到来
都让人流连
洛阳
我应该不是第一次来
千年前
我便来过
我是盛唐梦里
那一抹鲜绿
日夜守护的
是我心中膜拜的花神
年年三月
我会来到这里
与我心爱的情人
对视无语
相拥喜泣

花只几日红（宣纸）

90cm × 45cm

红艳闲且静（宣纸）

90cm × 45cm

## 张恨水

没有三湖

或许就没有恨水吧

三湖的女子

是行走的河堤

是少年懵懂的心

无爱　应该不会生恨

恨是手中的那支笔

会滋生蝴蝶　鸳鸯

恨是夜里的黑　是萤火虫　是柴垛

恨是水　是生命

滋生万物

花开恰似故人来（宣纸）
　169cm×69cm

## 梦　魇

在夜晚
我梦见灯光　火
还有从很远很远
走来的人群
我看见微弱的火把
孤独燃烧的火把

我梦见雨　闪电
睡梦中的你的脸
你像是疲惫至极
你和衣而睡
我看见穿花裙子的
妙龄女子
走过你的身边
我看见血一样红的嘴唇
我看见她手里握着的花
鲜活的花　一定
是谁刚刚为她采摘
我听见猫的叫声
撕心裂肺
我听见琴弦　绷断
音乐停止
我的画笔落到地上
沉沉地　重重地
落到地上

迟开都为让群芳（宣纸）

169cm × 69cm

## 梵　高

将自己围困　孤独的生命里

奔流着执拗的血

灵魂　怎能被世俗理解

极目望去　是无助　是痛　是麻木

你是枯枝上长出的鲜艳的红

是血

是用一只手就能拧下的耳

你迎着日出　收集每一缕清晨的光

你爱慕的女孩　总在天黑前

离你远去

你伸着长长的胳膊

你想要搂住什么

想念

如一块顽石　深沉地　站在你

心脏之上

你颓废着　挟着画板

想要逃离

这个世界　让你感觉寒冷

刺骨的疼痛

你踉跄着　狂笑着　吼叫着

一遍遍　无休无止

你走了　向着太阳　永远走了

只把光芒永远地　留给

人间

后世

錦園昨日春風至
今朝花開
艷異彩
辛丑年
夏月
張棋寫

錦园昨日春风至（宣纸）
169cm×69cm

## 盛 夏

我的盛夏　被一场暴雨
洗劫一空

麦芒疯长
根根击穿我的心脏
痛　不是因为失血

一些话　停留在
盛夏的凉风里
你在眼前
却仿若相隔千里万里

我知道
一切　无济于事
高粱熟的时候
我弯下沉重的腰

这盛夏　我看见鱼　灯火
看见闪电　蚊虫
可离我最远最远的
除了你还是你

关上窗
我颓废地倒在自己的床上
想梦　却无法入梦

这盛夏
我把爱　剩下

浅红淡白间深黄（宣纸）
90cm×60cm

## 深秋，我种下一粒种子

秋风渐紧

被吹皱的叶子

一些遁入泥土

一些随流水漂远

一些在我笔下　定格

我深爱的秋阳

依旧

娇艳似火

淡墨轻砚

依然写不出我要的颜色

菊花黄瘦


渴望相逢的日子

是否一如散沙

经不起风吹

一些老旧的故事

重复上演


我在深秋

种下一粒种子

来春

是否会发芽

会长成

我喜欢的样子

我是梦中传彩笔（宣纸）
90cm × 60cm

## 方岱女

是什么
让你瘦成一道
如此亮丽的风景

方岱女
而我们更喜欢
你丰腴的脸蛋
浅浅的酒窝
贵妃一样圆润的唇

他们说
百年修得同船渡
而同窗呢
需要几世的修行
方岱女
当我们双双
走进教室
你盈盈的笑语已如
初砚的淡墨

慢慢
在心里晕染
生花
滋生出
重重叠叠斑斓的情愫

他们说
知交半零落
我却在牡丹花里
读懂你
一挥而就的雅致
读懂你
半生奔波的辛酸

愿此生
相别念长
相见
美好如初

一半红艳一半碧绿（宣纸）
90cm×60cm

三春堪惜牡丹奇半绮朱栏欲绽时天下无花更胜此人间便得贵相宜

庚子秋月吉时张铢于南昌

三春堪惜牡丹奇（宣纸）
169cm × 69cm

## 血色文字

我努力忘记

牺牲

用不同的方式

祭奠一些善良的罪孽

那些美好

我怎敢用言语

表白于世

我在深深的夜里

辗转反侧

那些被我用过的词语

扎进肌肤

鲜活的伤口

我却忘了疼痛

就在今夜

依然

我行我素

以为可以在痛里

开出血红的花来

天下更无花胜此（圆卡）

吉祥（圆卡）

富贵（圆卡）

如意（圆卡）

春心洋溢（宣纸）
118cm × 35cm

## 夜无眠

又一次失眠
是在为你写过那段文字之后
突然害怕
文字也会腐朽
也会弥散
也会弱不禁风

我曾试着放下
释然
然后漫不经心地
装作睡着

## 抚州谈梦

我是来沾沾文气的。

——题记

抚州
这块盛产才子的地方
我要坐下来
泡上一杯绿茶
和汤老谈谈他的《牡丹亭》
临川四梦　今天就聊这
第一梦

聊完《牡丹亭》
就不聊先生的成就啦
聊聊心情吧

先生意味深长地看了我一眼
他说
你相信吗
人最放松的状态在梦里
在梦里
你敢说白天不能说的话

童趣（圆卡）

富贵（圆卡）

向阳花开（圆卡）

春日胜景（圆卡）

敢做白天不能做的事
你最好的倾听者
唯有梦

我听着
似懂非懂
似梦非梦

一声响雷　把我惊醒
青天白日
却实实在在梦了一场
梦一场

独占风情向阳开（圆卡）

暗香浮动（圆卡）

梅艳昔年妆（圆卡）

凌寒独自开（圆卡）

## 南国红豆

太阳还未下山
思念疯长
你不在的城市
如此寂静　了无
生机
只是偶尔在微信里
看到你的话语
听到
你的声音
原来的不在乎
变成此刻揪心的慌

金秋（圆卡）

秋高日丽（圆卡）

盛放（圆卡）

百年好合（圆卡）

## 昙花一现

我给自己设置的姿态
此刻　消失殆尽

在晚风和暮色相逢时
我掏空心思地
装着淡定　毫不在乎
暮色一层层裹挟着我
我知道
风离我越来越远
远到
他们听不到我的叹息

惆怅　是今天的定情物
沙尘　却迷障了眼
伸手　还是探不出究竟

早起的鸟儿都倦了
倚在窝边静静地看着
一语不发
我的心顿时柔软了起来
在你离开后
我知道
所有的念想
只是　昙花一现

宁静（圆卡）

室雅（圆卡）

淡泊（圆卡）

开放（圆卡）

## 深谷幽兰

一场久违的邂逅
在山谷　春晓薄雾
我在你身边　站立良久
却不敢喊你
彼此都没有勇气
打破沉默

我其实是爱你的
从第一眼看到

可是我不敢奢望
与你一起回家
我怕尘世的污垢
夺了你的静寂
伤了你的灵气
我怕
再也不能在梦里
感受你的温情

我只好　掩住心扉
装作
无视地　走过

盛放成你喜欢的样子（圆卡）

人生若只如初见（圆卡）

遥远的，已经不是距离，而是时间。

一些未知的明天，白天和黑夜，更迭得极其缓慢。

似乎在这时，才会深深懂得相聚的不易。

能去见一个人的时候，就去见吧！

不管这个人是你家人、朋友，还是爱人，能见则见。

在这些日子，也让我们懂得，平平淡淡，才是真实的美好，

可以心无旁骛，可以了无牵绊。

生命的光芒（圆卡）

自在（圆卡）

# 生　命

迫不及待地重生　毁灭

毁灭　重生


我们有着根植于心底的

狼性血液

为生

反反复复

为爱

出生入死

信念

是无数巫师的嘴

让你向前

永无宁日


麦芒生长的季节

有无数根针在叩问

我心存侥幸

却被一一捅破

生命的庄重

被一次次轻薄

在落满烟尘的俗世中

我也曾

扪心自问

157

遇见最美的自己（圆卡）

春风悄入门户（圆卡）

如秋之盛（圆卡）

春风悄入佳人怀（圆卡）

## 你还好吗

一别
春已走远
一别
青丝不再

每一次的相遇
都似乎已经久远
栀子花谢了
又开了
我不知道
经历多少秋冬
心中的花
依然
没有受伤的模样
依然
会盛开

而现在
我只想轻声问句
你
还好吗

思念情长（宣纸）
69cm×69cm

我想要我的每一幅作品都是原创，都有思想有灵魂，并且出其不意！

我要我的每一幅作品都是一个故事，

娓娓道来，不媚不俗，落落大方而又能经久不朽！

艺术是生命的延续，千年以后，我愿我的艺术还在！

## 立 秋

你是
乘着秋风来的吧
相隔千里
我们聊诗歌　聊人生
无拘无束
我们的话题
停留在盛夏酷暑
无法消停

或许会爱上吧
这秋的艳阳　红叶　硕果
或许会爱上吧
这秋的柔情　惊喜　期盼
遇见的时候
或许天气刚刚好
叶子还未全红
果实刚好熟透
淡淡的夕阳中
伫立的
是你的身影

今日立秋
幸好遇见

凌云姿（宣纸）

118cm×45cm

在一座古老的城堡

以寄居蟹的方式 幽居

静看花开

静听潮退

## 秋　夜

寒风又起
春色渐远的时候
节日一个接着一个
于我而言
每一个日子都是节日
每一个节日也就是一个日子

故事总是涌现
没有开始
便要结束
有几瓣心花已枯萎　零落
我可怜的蝶
即将停止飞翔

一些被我用旧的词语
在夜里
依然开出美好的花
它们是生命高处的尤物
散发着迷人的光彩

我也会迷失
在这个夜里
深一脚　浅一脚

新竹高于旧竹枝（宣纸）

69cm×35cm

有时候，人应该像藤蔓，要能屈能伸，

适者才可以生存，才可以延续，

壮大，才可以无所不能，才能到达自己想到的高度。

狂风吹不断，暴雨折不了，柔足以克刚，

柔，足以让生命至高至纯。

天高云阔任君驰骋（宣纸）

180cm × 45cm

兰

天就要黑了
是不是也有人和我一样
匆匆忙忙的脚步
却找不到回家的方向
梧桐树开始凋零
栖居的鸟儿
慌乱地挤在一起

兰
依然在开着
这是一年中
她最美的样子
我喜欢她的香味
淡淡的
迷乱心房

开放和枯萎不过在一念之间
我知道
明年盛开的
一定不是你
你只来一次
短暂而又永远

# 二〇二〇

二〇二〇
每一个故事都来得
让人措手不及
有些人离开
有的百无聊赖
而我
总会看着某些消息
意乱心慌

二〇二〇
每一场雨都来势汹汹
七月的台风了无踪影
你说好的归来遥遥无期

二〇二〇
庚子
是卡在诗人胸口的
一根刺
吞下去是痛
吐出来是伤

# 后记

　　这是一本诗集！与其他诗集不同的是，我给她配上了自己的画，这样就有了一种形式之美！或许可以让读者觉得身心愉悦，减轻阅读疲劳。做好一件事和做好一个人是同样难的，不同的只是，事有时间的长短，人有能力的大小。做人做事都无法做到完美，但我想尽最大的能力去做好。好事总是多磨！习惯了你的姗姗来迟，疫情之下，有时也会束手束脚，不过这是我为开脱找了个冠冕堂皇的理由罢了。

　　心境平和可以画一幅好画！内心安静可以得一首好诗！人生就是一个残缺的断片，水满则溢，月圆则亏！而我只是一个刚刚起步的旅者。

　　上一本诗集《古琴之恋》是谭仲池老师不吝赐教写的序言，老师的一支妙笔把我的诗都点活了，我爱不释手地读了一遍又一遍，好多诗友都在盛赞。所以这次《留白》出版又恳请谭老师赐序了。谭老师一向爱才，惜才，我这不才之人他也要努力拉一把，所以非常感动，感激！没有什么理由让自己不更努力一些。唯有努力才能让秋水走得更长远，仙花开得更灿烂！

　　我的画在诗里，我的诗在画里，当这两者水乳交融，我听到自己澎湃的心潮，这感觉，炽烈而真诚，盘踞心中，历久不散！我是那么热爱生活，我是那么想把生活中的美好用诗、用画呈现出来，我在用心感受生活中美好的点点滴滴，不负此生，不负遇见！

上天总是眷顾一些人的,而我也总是受到眷顾的那个人。

《留白》的顺利出版也得到了江西省嘉佳和装配式建筑有限公司董事长胡瀚先生的鼎力支持与资助,大恩不言谢,我将铭记在心,没齿难忘!胡瀚先生是一位年轻优秀的企业家,为人低调,一直在用行动为家乡的经济和文化建设默默付出和无私奉献着!是值得我们学习和尊重的!这本书的出版还得到许多朋友的支持和帮助,我就不一一列举。真心感恩,感谢大家!

最后,我想说的是:"前半生努力,遇见贵人!后半生努力,成为别人的贵人!"

张瑛

2021 年 11 月 29 日

**张　瑛**，字若水、号一昭，出生于湖南浏阳。

◎国礼艺术家

◎国家一级美术师

◎中国美术指导师

◎江西省作家协会会员

◎江西省美术家协会会员

◎江西省诗词学会会员

◎江西省地域文化研究会副会长

◎中国牡丹书画院副院长

◎《诗江西》编委、编辑部主任

◎出版诗集《古琴之恋》